오묘한 제목학원 100

고양이가 재능을 숨김

고양이의 순간들 ① —— 이용한 글·사진

오묘한 제목학원 100

고양이가 재능을 숨김

고양이의 순간들 ① —— 이용한 글·사진

이야기장수

내가 고양이와 함께한 시간은 무수히 많은 고양이의 순간들로 이루어져 있다. 하여 내 직업은 그 순간을 기록하는 사람. 때로 절묘함과 기묘함이 얽히고, 오묘함과 교묘함이 설킨 고양이의 순간들.

이 책은 '고양이의 순간들' 시리즈 첫번째 책으로 '오묘한 제목학원 100'으로 간추려보았다. 처음 고양이를 만난 순간부터 지금까지의 기록이 꽤 방대하고 산만한 관계로 이렇게나마 한 권의 책으로 정리해보고 싶었다. 여기에는 더러 이전에 펴낸 책에서 내용의 일부로 등장한 사진도 있고, SNS에서 뜻밖의 사랑을 받은 게시물도 있다.

항간에 떠도는 제목학원이란, 사진에 덧붙이는 설명이나 제목이 절묘하고 재치 있는 것을 비유적으로 이르는 말이다. 그것은 스스로 명명하기보다 다수의 반응이 반영되는 것이므로 대체로 이 책에도 많은 분들이 웃어주고 공감한 사진을 우선으로 실었다. 누군가는 이런 실없는 작업에 대해 진지함이 부족하다며 고개를 돌릴지도 모르겠다. 애당초 이 책의 목적은 아프고 심란한 이야기와는 거리가 멀다.

그저 나는 힘들고 지친 사람들에게 잠깐이라도 웃음을 주고 어깨를 토닥여주고 싶을 뿐이다. 재능을 숨기든 낭비하든 고양이는 열심히 귀여울 따름이므로 나는 녀석들의 그런 모습을 열심히 보여줄 따름이다.

2024년 가을에
이용한

차례

2부 | 여름

4부 | 겨울

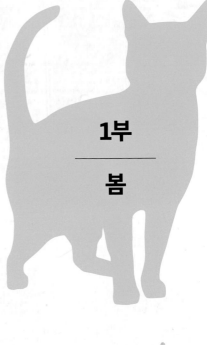

1부
봄

1

잘 부탁드립니다

지구에서 고양이로 살게 되었습니다.
잘 부탁드립니다.

2
민들레 홀씨 놀이

여기 털이 보송한 민들레를 갸웃갸웃 바라보는 고양이가 한 마리 있습니다.

호기심이 발동한 녀석은 솜방망이 앞발을 내밀어 민들레 갓털을 한번 툭 쳐봅니다.

아깽이 솜털 같은 것이 떠서 갈피 없이 날아갑니다.

갓털을 건드리면 홀씨가 날아간다는 사실을 알게 된 고양이는 민들레 줄기를 잡았다 놓았다 하면서 저 혼자 홀씨 놀이를 합니다.

내년 봄이면 녀석이 날려보낸 홀씨들이 사정도 모르고 불쑥불쑥 노란 꽃을 피우겠지요.

이러구러 해가 길어진 봄날이 갑니다.

3

마당에 꾹꾹이를 했더니

마당에 꾹꾹이를 했더니 새싹이 올라왔다.

4

힘내지 마

힘내지 마.
힘내지 않아도 괜찮아.
내가 그냥 옆에 있어줄게.

5

식빵 맛집

🐾 손님! 주문하신 1+1 식빵 나왔습니다.

고양이가 이렇게 앞발을 안으로 말아넣고 있는 모습을 흔히 고양이식빵 또는 '식빵 굽는다'로 표현한다. SNS로 알게 된 일본의 한 편집자는 고양이를 '식빵'에 비유한 이런 표현에 대해 일본에는 없는 표현으로 굉장히 신선하고 재미있다는 반응을 보였다. 주변에 한국의 식빵 고양이에 대해 이야기했더니 대부분 같은 반응이었다고.

🐾 오늘 식빵은 발효가 잘돼 유난히 빵실빵실합니다.

6

고양이 제빵소

식빵이 완성되는 과정.

🐾 반죽.

❀ 굽기.

7
뒷모습이 예술

　삼색 고양이의 뒷모습을 유심히 보고 있노라면, 아무래도 신의 취향이 추상표현주의(개인의 감정이나 회화적 양식을 자유롭고 추상적으로 표현하는 기법) 쪽에 가까워 보인다. 물감을 아무렇게나 흩뿌리거나 즉흥적으로 채색한 듯하지만 색감과 무늬가 조화롭고 그 자체로 주변 풍경과 미묘하게 어울린다.

　18년째 고양이 사진을 찍어왔지만, 무늬와 색감이 똑같은 삼색이를 본 적이 없다. 삼색이는 말 그대로 흰색과 검은색, 오렌지색 (또는 갈색) 등 세 가지 털빛이 섞인 고양이를 가리킨다. 세 가지 색감이 섞여 있기 때문에 삼색이는 다른 고양이에 비해 훨씬 화려하고 아름다워 보인다. 일본에서 삼색이를 행운의 상징으로 여기는 것도, 거리나 상점에서 흔히 만날 수 있는 '마네키네코'에 유난히 삼색이가 많은 것도 그 때문이 아닐까.

😺 신이 그림 실력을 뽐내기 위해 삼색이를 만들었다는…… 믿거나 말거나.

8
봄이니까

봄이니까.
아무도 없으니까.

9
눈이 잘못했네

진지한 표정의
커플사진 찍는데,
시선이 자꾸 다른 곳으로
향하는 건
제 눈이 잘못한 거겠죠?

10

잡초 뽑냥?

"할머니 힘드실 텐데, 우리가 잡초라도 뽑아드리자."
"그래그래, 근데 어떤 게 잡초야?"
"몰라! 일단 그냥 다 뽑아!"

11
텃밭의 요정들

14년째 사료 후원을 해오고 있는 전원 고양이의 일원인 산둥이는 TNR 수술을 받기 전 쓰러져가는 축사에서 마지막 출산을 했다. 어느 날 산둥이가 내 앞에서 발라당을 하며 야옹거리더니 몇 미터 걸어가 또 발라당을 하고, 그러기를 수차례 반복하는 거였다. 어디론가 나를 데려가려는 녀석의 속셈이었다. 내가 의도를 알아챈 듯하자 녀석은 잰걸음으로 앞장섰고, 과수원을 지나 빈 축사 앞에서 걸음을 멈추었다. 그리고 갑자기 내 앞에 펼쳐진 광경은 요정들이 사는 이세계異世界의 풍경이었다. 눈앞에서 요정 같은 아깽이 다섯 마리가 텃밭을 내달리며 장난을 치고 있었던 것이다. 마치 나는 사람들의 발길이 닿지 않는 이상한 나라에 갑자기 떨어진 기분이 들었다. 당연히 그날 이후 나는 요정들의 세계로 사료를 퍼다 날랐고, 이따금 사진도 찍었다. 산둥이가 아이들을 데리고 전원 할머니 댁으로 들어간 뒤에야 나의 이세계 방문은 막을 내렸다.

🐾 오이의 요정.

🐾 상추의 요정.

🐾 고추의 요정.

🐾 텃밭의 요정들.

12

순진한 표정

텃밭에 요정들이 산다. 거기서 녀석들은 두더지도 쫓고, 벌레도 잡고, 이따금 거름도 준다. 덕분에 텃밭의 오이며 상추, 토마토가 무럭무럭 자란다. 그 옆에서 요정들도 덩달아 자란다.

🐾 아깽이가 이렇게 '저는 아무것도 몰라요!' 하는 표정으로 눈망울만 데굴데굴 굴리고 있으면…… 귀엽습니다.

13

파묘

영화 〈파묘〉와는 전혀 다른 파와 고양이의 묘한 조합, '파묘'를 찍어보았다. 재미삼아 인스타그램에 올린 이 〈파묘〉 패러디는 의외의 반향을 일으키며 무려 8만 이상의 좋아요, 1430여 개의 댓글이 달렸다. 한동안 SNS에서는 파와 고양이를 이용한 파묘 패러디 밈이 유행했는데, 아무래도 실제 시골에 있는 파밭에 고양이가 있는 풍경이 그렇게 절묘할 수가 없었다.

※ 묘한 것이 나왔다.

14

앵두가 앵두나무에

　다래나무집 앵두는 실제로 앵두나무를 좋아해서 봄부터 여름까지 텃밭의 물앵두나무를 해먹처럼 애용했다. 심지어 녀석은 나무에 올라가 가지처럼 사지를 늘어뜨리고 낮잠을 자곤 했다. 앵두나무에 올라가 낮잠을 자는 앵두의 모습은 더없이 편안해 보였고, 늘어진 녀석의 뒤로 평화로운 봄의 한때가 조용히 흘러 갔다.

♣ 고양이의 가장 큰 능력 중 하나는 아무것도 하지 않는 것이다. 집을 지키지도, 알을 낳지도 않지만 고양이는 아무것도 하지 않음으로써 모든 것을 얻는 능력이 있다.

15

마을로 내려온 고양이

4월 1일이면 이 아이들을 만우절 소재로 삼곤
했다. 게시글 마지막엔 혹시라도 진짜라고 믿는
분들을 위해 친절하게 #만우절 해시태그를 달았
다. 재미있는 것은 대부분의 분들이 유쾌하게 웃
어넘기는 반면 몇몇 분들이 마지막까지 진지하
게 이 '삶'의 미래와 현실적응을 걱정하거나 심지
어 야생으로 돌려보내야 한다는 댓글을 남기는
데, 이럴 땐 참 대략난감합니다.

🐾 마을로 내려온 고양이. 알고 보니 삶생활 청산하고 자
발적 길냥이의 삶 택한 것으로 밝혀져. 길생활 적응을
위해 묘치원에서 고양이 언어와 캔따개 꼬시는 법도
배웠다고. #만우절

16

드레스코드: 블랙

 몇 해 전 고양이섬 아이노시마에 갔을 때의 일이다. 섬을 한 바퀴 돌아보고 민박집으로 돌아가는데, 숙소 앞 도로에 검은고양이 다섯 마리가 일렬로 앉아 있거나 서 있었다. 도로 오른쪽 끝에도 일정한 거리를 두고 검은고양이가 한 마리 앉아 있었다. 주변에 다른 털 빛깔을 한 고양이는 일절 보이지 않았다. 믿을 수 없는 풍경이었다. 마치 녀석들은 파티 참석을 앞두고 '오늘의 드레스코드는 블랙이야' 하는 것 같았다.

 고양이섬엔 유난히 검은고양이가 많은 편이다. 아이노시마를 돌아보며 얼추 가늠해보아도 대략 섬고양이 중 30% 안팎이 검은고양이였다. 내가 여행한 또다른 섬의 고양이 분포도 이와 별반 다르지 않았다. 그렇다면 고양이섬으로 불리는 곳에는 왜 이렇게 검은고양이가 많은 걸까? 여기에는 이런 이유가 숨어 있다. 과거 일본에서는 상선회사마다 선원고양이(배에서 키우는 고양이)를 두었는데, 대부분 검은고양이였다고 한다. 선원과 어부들에게는 검은고양이가 행운의 고양이로 통한다. 꼭 선원고양이를 검은고양이로 해야 할 특별한 이유가 무엇인지는 알려져 있지 만, 검은고양이를 가장 선호했다(검은고양이 다음으로는 삼색이)는 기록만은 여러 군데 남아 있다. 때문에 바닷가 마을이나 섬에서는 자연스럽게 검은고양이가 세력을 넓혀갈 수 있었던 것이다.

🐾 여러분. 오늘의 드레스코드는 블랙입니다.

17

드레스코드: 턱시도

고양이섬 사나기지마에는 검은고양이만큼이나 턱시도 고양이가 많은 편이다. 섬을 둘러보다 날이 더워서 우체국 그늘에서 좀 쉬었다 가려는데, 건물 앞에 턱시도 고양이가 제멋대로 앉아 있었다. 모두 여섯 마리였다. 아무래도 턱시도 파티가 있는 모양이었다. 그런데 잠시 후 어디선가 고등어 한 마리가 무턱대고 턱시도 파티장에 난입을 했다. 그러자 턱시도 고양이들이 이구동성 냥냥거리며 고등어냥을 쫓아버렸다. "드레스코드 무시하면 파티 참석할 수 없는 거 몰라."

🐾 오늘의 드레스코드는 턱시도입니다.

🐾 드레스코드 무시하고 모임 참석한 고등어 결국 쫓겨남.

18

고양이 복어설

이 녀석은 '그냥이'라는 고양이인데, 사진 찍을 당시 임신 상태여서 몸이 많이 부풀어 있었다. 첫 책 『안녕, 고양이는 고마웠어요』에도 이 녀석의 출산과 이후의 가족을 소개한 적이 있는데, 몇 년이 지나 한 캣맘께서 댓글로 소식을 전해왔다. 우연히 책을 보고 그냥이를 입양해 지금까지도 잘살고 있다는 소식이었다.

🐾 지금까지 이런 냥이는 없었다. 이것은 복어인가, 찐빵인가!

19

하늘배달부

고양이섬을 여행하다보면 뜻밖의 행운을 만날 때가 있다. 식당조차 없는 섬이라 밖에서 사온 삼각김밥으로 점심을 먹고 있는데, 젖소냥이 한 마리가 다가와 앙칼지게 울어대는 거였다. 마침 간식으로 가져온 닭가슴살을 고양이들에게 다 풀고 딱 하나만 남은 터라 나는 그것을 던져주고 김밥을 마저 먹었다. 그런데 녀석이 먹이를 물고 순식간에 담장으로 뛰어오르더니 풀쩍 지붕으로 올라갔다. 그러고는 이쪽 지붕에서 저쪽 지붕으로 우아하게 날아올랐다. 말로만 듣던 플라잉 캣flying cat, 하늘배달부였다.

녀석이 다시 내 앞에 나타난 건 식사를 다 마치고 주섬주섬 쓰레기를 가방에 구겨넣을 무렵이었다. 아까보다 더 강력하게 녀석은 목청을 높였다. 먹이 선심을 더 쓰라는 거였다. 남은 간식이 떨어져 나는 저녁에 먹으려고 산 빵을 꺼내 한 조각 던져주었다. 빵밖에 줄 게 없었지만, 녀석은 뒤도 안 돌아보고 그것을 입에 문

채 지붕으로 뛰어올랐다. 다급하게 나도 카메라를 꺼내들었다. 이쪽 지붕에서 저쪽 지붕을 향해 녀석이 힘껏 날아올랐고, 나는 숨을 멈춘 채 조심스럽게 셔터를 눌렀다. 휴, 다행히 녀석의 모습을 포착하는 데 성공했다. 사실 이런 장면은 두 번의 기회를 주지 않을뿐더러 초점을 맞추는 것조차 쉬운 일이 아니다.

대체 녀석은 저것을 누구한테 배달하는 걸까. 간신히 담장에 올라 녀석의 행방을 추적하니 나무로 가려진 창고지붕에서 무언가가 움직였다. 거기 새끼 두 마리가 있었던 것이다. 각각 까망이와 턱시도. 두 녀석은 어미가 물어온 먹이를 먹느라 지붕에서 아귀다툼을 벌였다. 어미 고양이가 하늘배달부가 될 수밖에 없는 이유가 바로 저것이었던 거다.

🐾 지붕에서 기다리는 아이를 위해 엄마는 위험을 무릅쓰고
하루에도 몇 번씩 하늘배달부가 되어야 한다.

20
처음부터 끝판왕

    몇 해 전, 고양이섬 데시마를 여행할 때다. 배에서 내려 섬을 한 바퀴 둘러보려고 발걸음을 옮기는데, 요 녀석들을 만났다. 제법 큰 섬이어서 섬을 한 바퀴 둘러보려면 꼬박 하루가 걸릴 코스였지만, 녀석들에게 발목이 잡혀 거의 반나절 이상을 녀석들 영역에서 보냈다. 그러다보니 어느덧 오후 막배 시간이 다 되어 어쩔 수 없이 남은 코스를 포기할 수밖에 없었다. 여행을 하다보면 이 녀석들처럼 처음부터 끝판왕을 만나는 경우가 더러 있는데, 그럴 때면 열심히 짜놓은 스케줄도 완전 꼬여버리곤 한다. 어차피 이런 여행은 계획을 세우지 않는다는 게 나의 계획이긴 하지만.

🐾 "걱정은 넣어둬! 사료만 꺼내!"

🐾 "딴 데 보지 말고 나한테 집중해!"

21
고양이가 지구에 올 때

고양이가 지구에 올 때 우주를 눈 속에 담아온 게 분명하다.

22
강제귀가

　위험한 차도에서 놀던 아깽이 강제귀가시키는 엄마 고양이. 근데 구석에 숨어 불안한 눈빛으로 이를 지켜보는 아깽이가 한 마리 더 있었으니, 결국 이 녀석도 잠시 후 강제귀가를 당했다.

🐾 "여긴 위험하다고. 여기서 놀면 안 된다고 했지? 했어, 안 했어?"
　"아, 엄마 그게……"

23
말썽쟁이

　공부는 뒷전이고, 노는 것에만 정신 팔린 자식을 보면 엄마는 한숨이 절로 나와요. 아깽이는 더이상 예전의 꼬물이가 아니라고 엄마한테 반항도 해보지만, 엄마 눈에는 여전히 녀석이 세상 물정 모르는 허당에 말썽쟁이일 뿐이죠.

🐾 "이눔아! 집은 엉망으로 해놓고 아침부터 어딜 또 나가려고."

24
눈독들이지 말어유

계단에 앉은 아깽이 두 마리가 하도 예뻐서 사진을 찍자 헐레벌떡 나타난 엄마냥이가 아이들 앞에 척 하고 걸터앉는다. "아이구, 엄니! 안 데려가유. 걱정 말어유."

🐾 "울 애기들 이쁘쥬? 눈독들이지 말어유!"

25

나를 추앙하라

추앙받는 느낌, 사랑받는 느낌. 고양
이도 충분히 그럴 자격이 있다는 듯
스스로 추앙의 손길을 누리고 있다.

🐾 "자, 다들 나를 예뻐하여라."

2부
―――
여름

26

내 신발 위의 아깽이

예전 살던 마을의 삼월이가 낳은 아깽이들은 자주 만나 구면
이 되자 내가 마당에 들어서기만 하면 조르르 마중을 나오곤 했
다. 하루는 비가 와서 마당이 흥건하게 젖었는데, 마중을 나온
아깽이들이 내 신발 위로 올라와 내려가지 않는 거였다. 나는 혹
여 내가 움직이면 녀석들이 떨어질까봐 숨까지 참아가며 얼음이
되어버렸다. 결국 너무 오래 버틴 나머지 발에서 쥐가 나기 시작
했고, 어쩔 수 없이 녀석들을 신발에 태우고 한발 한발 처마밑까
지 이동했다. 평생 두 번 다시 오지 못할 행복한 순간이었다.

🐾 비가 오자 발 젖는 게 싫다며 내 신발 위로 올라온 아깽이.

27
고양이에게 포위당했어요

내가 갈 때마다 삼월이네 아이들은 약속이라도 한 듯 내 주변을 에워싸곤 하는데, 아무래도 삼월이가 아이들을 이용해 더 많은 간식을 강탈하려는 수작임을 알면서도 녀석의 작전에 말려들 수밖에 없는 것이다.

🐾“어쩌죠? 고양이에게 포위당했어요.”

28

극성 엄마의 조기교육

엄마: "잘 봐. 캔따개를 만나면 맡겨놓은 거 받아내듯 이렇게
눈에 힘을 빡! 절대 당당함을 잃어선 안 돼. 알았지?"
당돌이: "응, 엄마! 일케 힘을 팍…… 아 근데, 눈 아파 엄마!"

29
효심 가득한 아들

어려서부터 효심이 가득했던 방울이, 육묘에 지친 엄마(산둥이)를 곁에서 든든하게 지키고 있다. 전원 고양이의 일원인 산둥이와 방울이 모자는 전원 할머니가 이사를 할 때도 함께 이주 방사되어 11년이란 세월을 함께했다. 3년 전 산둥이는 고양이별로 떠났고 혼자 남은 방울이는 폭염이 기승을 부린 올여름 열네 살의 나이로 무지개다리를 건넜다.

🐾 "울 엄마는 내가 지킨다옹!"

30
사랑의 훼방꾼

고양이의 질투심도 인간 못지않다. 다만 인간이 그것을 가급적
숨기려 하는 반면, 고양이는 곧바로 표현을 해버린다.

🐾 꼭 그리로 지나가야 속이 후련했나?

31
심기 불편

심기 불편한 엄마.

🐾 "울 애기 놀란다. 거 대충 찍었음 캔이나 따놓고 가쇼."

32
묘원결의

    그렇게 세 냥이는 감나무 아래서 손을 맞잡고 '묘원결의'를 맺
게 되는데……
    서로 자기 발을 위에 올리겠다고 다투는 바람에 끝내 '묘원결
투'가 되었다고 한다.

33
아, 몰라

아, 몰라. 오늘은 나도 마감하기 싫어.

🐾 "아. 몰라. 오늘은 묘치원 안 갈래!"

34
솔로와 커플

 내가 부러워서 그러는 건 절대 아니고, 날도 더운데 그렇게 부
둥켜안고 있으면 안 덥냐?

☙ 냥독대의 솔로와 커플.

35
열심히 귀여울 따름

날은 덥고 사는 건 막막하고……
그러거나 말거나 고양이는 열심히 귀여울 따름입니다.

36
보조 일꾼

오늘의 작업을 도와줄 보조 일꾼을 구했다.

🐾 "열심히 해보겠슴냐옹~!"

37
쫌만 더 밀어보자

아깽이의 괴력이 참 대단하죠? 고양이가 재능만 숨기고 있는
것이 아니라 괴력도 숨기고 있었군요.

🐾 "쫌만 더 밀어보자. 거의 다 넘어간 거 같아."

38
개짜증

덩달이는 이웃마을의 마당고양이로 착하고 성격 좋기로 이만한 고양이가 없다. 내가 이웃마을에 마실이라도 가면 녀석은 만사를 제쳐놓고 마중나와 발라당을 하곤 했다. 그런데 언제부턴가 내가 녀석의 집 앞을 지나도 마중이 늦거나 뒤늦게 헉헉거리며 내 앞에 나타나곤 했다. 알고 보니 천방지축 강아지들 때문이었다. 덩달이가 마당을 벗어나 산책이라도 나갈라치면 강아지들이 덩달이를 붙잡고 가긴 어딜 가느냐며 함께 놀자고 찰싹 매달리는 거였다.

같은 마당에서 한식구처럼 자라다보니 강아지들은 덩달이를 제 형이나 언니처럼 따른다. 강아지들은 그저 좋다고, 반갑다고, 신난다고 그러는 건데, 어쩐지 덩달이의 얼굴은 귀찮아 죽겠다는 표정이다. 그도 그럴 것이 두 녀석이 한꺼번에 목마를 타겠다고 덩달이의 등짝에 올라타는가 하면 목덜미와 귀까지 물어대는 거였다. 덩달이도 요 녀석들을 쥐방울 시절부터 지켜본 터라 차마 때리지도 밀쳐내지도 못한 채 그저 강아지가 하는 대로 맡겨두고 언제 끝나나, 하는 표정이었다.

하지만 좀처럼 끝날 기미가 보이지 않자 덩달이의 표정도 점점 귀찮아 죽겠네, 로 바뀌었다가 조금씩 '개짜증'으로 넘어갔다. 개짜증이란 말은 이럴 때 써도 무방할 것 같았다. 한두 번도 아니고 마당을 빠져나올 때마다 덩달이는 이렇게 신고식을 치러야 했다. 점잖은 고양이 체면에 촐랑거리며 도망치듯 냅다 내달려 마당을 빠져나올 수도 없고, 우아하게 빠져나온다는 것이 번번이 이렇게 강아지에게 들켜서 개고생을 하는 것이다.

🐾 개짜증 이럴 때 쓰는 말.

39

캣초딩 옆 뽀시래기

길고양이란 단어는 2021년에야 표준국어대사전에 정식으로 등재되었다. 그전까지만 해도 길고양이의 표준어는 도둑고양이였다. 고양이 입장에서는 남이 버린 음식을 뒤져 먹었을 뿐인데, 도둑이라는 누명을 썼던 셈이다. 이 사실을 잘 아는 애묘인들은 이미 오래전부터 우리 주변에서 자생적으로 살아가는 고양이를 길고양이로 불러왔고, 수년에 걸쳐 도둑고양이란 용어 수정을 청원해왔다. 정부나 지자체에서도 그런 요구를 받아들여 2010년대에는 공식문서에서 길고양이를 사용하기 시작했다. 시대의 흐름을 읽지 못한 표준국어대사전에서만 도둑고양이를 고집해오다 뒤늦게 백기를 든 셈이다. 늦게나마 길고양이가 도둑이란 누명을 벗고 온전한 자리를 찾은 것은 여간 다행한 일이 아니다.

애묘인들은 예전부터 고양이와 관련한 다양한 용어를 만들어왔다. 길고양이를 줄여 '길냥이'라 부르는 건 이제 거의 일반화되

었고, 아깽이(아기고양이의 총칭), 꼬물이(갓 태어난 아깽이), 뽀시래기(조막만한 아깽이), 캣초딩(조금 큰 어린 고양이) 등 성장단계에 따라서도 각각의 애칭이 생겨났다. 이밖에도 냥줍(길에서 고양이를 주워오는 것), 식빵(고양이가 납작 엎드린 자세), 냥모나이트(고양이가 몸을 둥글게 만 자세), 냥아치(길을 막고 먹이를 요구하는 고양이 혹은 행동이 불량스러워 보이는 고양이를 익살스럽게 표현한 애칭), 캔따개(고양이에게 캔을 바치는 사람, 즉 집사나 캣맘을 에둘러 표현하는 말) 등 새로운 애칭이 계속해서 생성되고 있다.

🐾 캣초딩과 뽀시래기의 차이.

40

엄청 빠르지

나는 엄청 빠르지.
아마 안 보일 거다.

41
묘생 최대 사냥감

메뚜기에게 날개가 있다는 사실도 모르고 손을 내밀었다가 사냥감이 포르릉 날아오르자 이 녀석 소스라치게 놀라 꽁지 빠지게 도망쳤다. 아마도 엄마를 만나면 방금 자신이 얼마나 엄청난 상대와 결투를 벌였는지 앙냥냥냥 고해바칠 게 분명하다.

🐾 묘생 최대 사냥감을 만났다.

42

냥아치 초보

엄마한테 배운 대로 일단 길을 막아서긴 했는데, 그다음 어떻게 해야 할지 몰라서 그냥 멀뚱멀뚱 앉아 있는 냥아치 초보.

43

베테랑 냥아치

베테랑 냥아치의 시범.

🐾 "잘 봐라. 냥아치 초보! 일단 길을 막았음 이렇게 가진 거
언능 다 내놔라냥~~ 하고 목청을 높이면 된다옹!"

44

캣트리|cat tree

    산골에 위치한 다래나무집에는 주목(주목나무)이 예닐곱 그루 있는데, 오랫동안 지켜본바 이곳의 고양이들은 오로지 주목만을 해먹으로 이용했다. 알다시피 주목은 가지가 빗살무늬로 촘촘하고 가지런하게 자라며, 윗가지와 밑가지 사이의 간격도 촘촘한 편이다. 어린 고양이가 해먹으로 이용하기에는 딱 좋은 구조인 것이다.

    위아래 가지 사이가 촘촘하다는 것은 혹시 모를 추락사고에서도 밑가지가 완충장치 노릇을 한다는 얘기다. 가지와 가지 사이에 은폐공간도 많다는 얘기다. 이러다보니 어떤 고양이들은 이 주목을 놀이터로 여기는 경향이 있다. 특히 숨바꼭질 장소로는 이만한 나무가 없다. 녀석들은 나무 밑동을 타고 올라가 이 가지저 가지에서 불쑥불쑥 나타나 지나가는 고양이(때로 인간까지도)를 놀라게 한다. 이런 연유로 주목 아래에는 언제나 숨바꼭질하는 고양이들과 구경꾼들로 발 디딜 틈이 없다. 개중에는 수시로 멤버 교체도 하면서 이 불볕더위를 놀이로 잊곤 한다.

🐾 가을도 멀었는데. 여긴 야옹 열매가 제철입니다.

45

탱고 vs. 결투

🐾 "스텝이 엉키면 그것이 탱고예요."_영화 〈여인의 향기〉

비슷하지만 전혀 다른 상황.

🐾 "멱살을 잡으면 그것이 결투예요."_대충 〈결투의 시작〉

46
냥반자세

아니 이 냥반이 갑자기 냥반자세로 엄근진하시면……
귀엽습니다.

🐾 "엣헴! 어서 밥상을 들여라."

3부

가을

47

어떻게 살까

아, 어떻게 살까……!

48

역방향 그루밍의 결과

엄마: "이케 봐봐! 털이 이게 뭐니?"

아깽이: "엄마! 뭔가 이상한 것 같아."

엄마: (시선을 회피하며) "머…… 뭐가?"

아깽이: "이게 뭐야. 나 묘치원 어케 가냐구!"

49
가족의 의미

"우리가 가족이란 거 아무한테도 말하지 말자."
"그래그래, 우리만 입다물면 아무도 모르겠지?"

50

모로코 삼색이 수준

이런 선명하고 패셔너블한 삼색무늬는 처음 본다. 모로코 탕혜르를 여행할 때다. 요트와 어선이 즐비하게 늘어선 항구를 거닐다 한 무리의 고양이를 만났다. 방파제 그늘에서 쉬던 녀석들이었는데, 카메라를 들고 어슬렁거리는 게 수상했는지 하나둘 나를 향해 돌진해오는 거였다. 그중에 맨 앞에서 걸어오는 고양이의 패션이 실로 화려해서 단박에 눈길을 사로잡았다. 급하게 사진을 몇 컷 찍고 엉거주춤 서 있었더니 내 앞에 당도한 삼색이가 먼저 말을 걸었다. "방금 내 사진 찍는 거 다 봤어. 사진을 찍었음 모델료를 지불해야지." 만일의 상황을 대비해 한국에서 주섬주섬 챙겨온 샘플사료가 있었기에 망정이지 하마터면 모로코에서 고양이에게 억류당할 뻔했다. 녀석과 동료들에게 나는 샘플사료 두 봉지를 헌납하고서야 무사히 풀려날 수 있었다.

🐾 F/W 오뜨 꾸뛰르 리미티드 에디션.

51

식당 의자에 떡하니

    곧 점심 손님이 들이닥칠 텐데, 고양이가 이렇게 식당 의자를 차지하고 누워 있으면…… 손님들이 좋아합니다.

52
쥐돌이를 잃어버려서

"내 쥐돌이 못 봤어요?
여기 이케 아까까지 있었는데……"

53

길거리 '롸커'

길거리에서 마이크도 없이 열창하는 고양이를 만났다.

아, 코인노래방 데려가고 싶다.

🐾 "좌닌한 뇨자라 나를 욕하지는 뫄~♬~♪"

54

고양이의 재능

실내 고양이와 마찬가지로 밖에 사는 고양이도 식사 후 혹은 볼일을 보고 난 뒤 우다다를 한다. 이때 2~3마리 고양이가 어울려 점프와 공중곡예를 하며 장난을 치기도 하는데, 내가 밥 주는 고양이의 극히 일부만이 이런 자발적인 서커스 공연을 선보인다. 아마 다른 고양이들도 저 정도의 점프와 공중곡예 기술쯤은 다 보유하고 있을 것이지만, 그 재능을 숨기고 있는 것으로 보인다. 할 수 있는데 하지 않을 뿐이다.

우리는 종종 고양이가 지진이나 쓰나미를 감지해 평소답지 않게 울어대는 바람에 동거중인 인간을 구했다거나 수백 킬로미터 떨어진 곳에서 내비게이션도 없이 집을 찾아왔다는 뉴스를 접했을 것이다. 그건 고양이가 지닌 능력 중 빙산의 일각에 불과하다. 우리는 아직까지 고양이가 숨기고 있는 재능을 다 발견하지 못했다. 그나마 인간이 밝혀낸 고양이 능력 중 하나는 인간을 꼬드기

🐾 이런 걸 묘기猫技라 함.

는 능력 즉, 인간을 무장해제시키고 서열을 무력화시키는 재능
이다. 고양이 앞에서 우리는 집사이자 노예를 자처하며 스스
로 자신의 지위를 격하시켜 기꺼이 그들의 수발을 들 각오를
하고 있지 않은가. 그리고 무엇보다 인간에게 웃음을 선사하는
능력만은 고양이가 최고라고 생각한다. 이 웃을 일 없는 세상
에서 그나마 고양이 때문에 웃고 사는 '나'를 보아도 그건 충
분히 입증이 된 재능일 게다.

55

캔 마니 반메 훔

대구의 한 산사에서 만난 고양이다. 단청이 멋진 법당과 파란
하늘을 배경으로 고양이가 앉아 있었다. 법당에서 흘러나오는 반
야심경을 들으며 꾸벅꾸벅 조는 고양이. 절묘함이란 바로 이런 것
일 게다. 절집과 고양이의 조합만으로도 눈이 맑아지는 느낌이다.
이 산사에는 의외로 많은 고양이가 거주하고 있었는데, 알고 보
니 매일같이 산에 올라 절집 고양이에게 사료 공양을 하는 캣맘
도 있다고 한다. 아울러 이곳의 몇몇 고양이는 누군가 버리고 간
유기묘라고. 굳이 여기까지 올라와서 고양이를 버린다니 참 경을
칠 일이다. 누구는 버리고, 누구는 버린 아이들을 챙겨 먹이고.

⊙ 일본의 모 잡지사로부터 '한국의 고양이들'이란 제목으로 원고
  청탁을 받았을 때, 뜻밖에도 잡지사에서는 이 법당 고양이 사진
  을 표지사진으로 실어주었다.

🐾 캔 마니 반메 훔.

56
호박이 뭔가 좀

장인어른께서 어제 호박을 잔뜩 따오셨는데, 뭔가 다른 것도
따오신 것 같아요.

57

땅콩 수확 현장

"잃어버린 내 땅콩을 찾을 수 있을까?"

58
시선강탈 끝판왕

은행나무에 올라간 노랑이 녀석이 그림 같아서 사진을 찍고 있는데, 느닷없이 불쑥 얼굴을 들이미는 젖소 녀석. 지금까지 이런 시선강탈은 없었다.

🐾 "쟤 말고, 나를 찍으라냥!"

59
카메라가 잘못했네

　노랗게 물든 은행나무와 고양이가 정말 잘 어울……,
리긴 하는데, 카메라가 자꾸 엉뚱한 곳에 초점을 맞추는 이유가
뭘까요?

60
단풍고양이

자, 고양이 저기 올라가서 자세 좀 잡아봐, 좋아 이번엔 이쪽으로. 이렇게 고양이가 시키는 대로 움직이면 좋겠지만, 세상에 그런 고양이는 없다. 고양이는 예고 없이 행동하고 카메라가 없을 때라야 더 기막힌 행동을 한다. 찍사의 준비나 시간 따위 배려하지 않는다는 얘기다. 허니 찍사의 입장에서는 고양이의 돌발행동과 느닷없는 순간을 미리 대비하는 수밖에 없다. 요미라는 고양이의 단풍고양이 샷도 그렇다. 밥을 먹고 나서 우다다를 하더니 갑자기 단풍나무로 뛰어오른 것이다. 순전히 나는 그 순간 목에 카메라가 걸려 있었기 때문에 이 장면을 찍을 수 있었다. 운칠기삼이란 바로 이런 순간을 두고 한 말이렷다. 녀석은 마치 '오늘 밥값은 이것으로 대신한다'고 말하는 것 같았다. 밥값이 아니라 다음주 간식값까지 다한 묘생샷이지만, 녀석은 밥값 이상의 보상을 바란 적이 없으므로 시크하게 자리를 떴다.

🐾 오늘 밥값은 이것으로 대신한다.

61

요가학원

고양이라고 하면 다 요가에 재능이 있는 줄 아는데, 상급자와 하급자 간 차이가 확연하다. 개중에는 배울 의지가 없어서 게으름을 피우는 고양이도 있다는 후문이다.

✿ 고양이 요가 상급반 클래스.

✿ 고양이 요가 하급반 클래스.

62

야옹찻집

전원 고양이 사료 후원을 갈 때마다 할머니께선 달달한 믹스커피를 내오곤 하셨다. 내가 커피를 마시고 있으면 호기심을 참지 못한 마당고양이들이 우르르 몰려와 구경을 하며 수다를 떨었다. "맛있냥?" "무슨 맛이냥?" "나도 한잔 달라옹!" 고양이가 커피 맛을 알 리 없지만, 매번 녀석들은 호기심 가득한 눈빛으로 내 커피에 눈독을 들였다.

카페인이 고양이에게 해롭다는 건 상식으로 알고 있던 사실이어서 나는 되도록 한 방울도 남기지 않고 커피잔을 비우곤 했다. 하지만 커피잔을 에워싼 고양이들은 잔에 묻은 커피 흔적이라도 맛을 봐야 직성이 풀렸다. 이 모습을 멀리서 지켜보면 그야말로 야옹찻집이다. 아예 고등어 녀석 하나는 커피 광고를 찍는다. 커피잔에 혀를 대고 맛을 음미하다가 카메라를 응시하며 "나랑 커피 한잔 하실냐옹? 커피는 역시 냥심커피!" 하면서 그윽한 눈빛까지 보낸다. 누가 보면 진짜 커피 한 잔씩 마신 줄 알겠다.

⊙주의: 실생활에서 커피는 고양이에게 해로운 음식입니다. 고양이
가 카페인 성분을 섭취하면 중독을 일으키거나 구토를 유발할 수
있습니다.

🐾 커피 한잔 하실냐옹?

63
백설기와 조랭이떡

　어쩌면 요즘 고양이들에게 가장 중요한 덕목은 인간관계일지도 몰라요. 좋은 사람인지 아닌지에 대한 판단은 경험 많은 엄마의 의견을 따르면 틀림이 없죠. 아이들은 워낙에 영악해서 하나를 알려주면 열을 깨우칩니다. 물론 엄마 눈에는 언제나 자식이 세상 물정 모르는 허당에 말썽쟁이일 뿐이지만. 옛날의 방식을 요즘 아이들에게 무리하게 강요하는 건 옳지 않아요. 현명한 엄마는 시대의 흐름에 맞는 훈육을 하죠. 그렇다면 자식으로서 그런 엄마에게 보답하는 길은 뭘까요? 스스로 묘생을 책임질 줄 아는 훌륭한 고양이가 되는 거예요.

64

훌륭한 고양이의 자질

인간은 바쁘니까 고양이가 알아서 할게. 어디서 낚시놀이하기
에 맞춤한 능소화 줄기를 구해서 저희들끼리 논다. 아니면 '인간
아! 우리가 꼭 이렇게까지 해야 되겠냐' 하면서 시위를 벌이는 건
가. 눈치 없는 인간은 그 모습이 귀엽다고 옆에서 키득거리며 셔
터나 누르고 있다.

🐾 요 녀석 벌써부터 손 쓰는 것 좀 보소. 훌륭한 고양이가 되겠구나!

65

꼬리를 잡다 놓쳤을 때

꼬리를 잡다 놓쳤을 때는 원래 손을 들어 '파이팅'을 하려던 것처럼 행동하면 된다.

66

캔 따는 소리에 고양이 반응

캔 따는 소리는 지치고 피곤한 고양이들에게 호랑이 기운을 솟게 만든다. 개중에는 멍 때리고 있다가 옆 고양이가 헐레벌떡 뛰어나가자 이유도 모르고 따라가는 고양이도 있다.

😺 캔 따는 소리에 절로 호랑이 기운이 솟는다냥!

67

고양이 거울

방금 세차한 자동차는 고양이 거울로 좋습니다.

68

안개냥이

홀연히 안개를 뚫고 온 고양이들이 태연하게
냥독대에 앉아서
자작나무 잎 지는 소리를 듣는다.
가을 깊은 산중에 이따금 새가 날아들고,
단풍은 절정도 없이 가만히 졌다.

69

꼬리 역할론

괜찮아! 외로울 땐 꼬리를 갖고 놀면 돼.

70

허당 오디

생각보다 높이 뛰었지만,
떨어질 때 돌 깔고 앉음.

71
짜증 폭발냥

으으, 킹받는다.

72

프로 냥아치

"야, 너 사료 좀 있냐? 뒤져서 나옴 뒤진다."

73

얼마나 작으냐

너는 얼마나 작으냐.
우리는 얼마나 작으냐.

74

좌절금지

오늘 하루도 힘들었다!
이게 사는 건가.

4부

———

겨울

75

발도리의 정석

고양이의 완벽한 자세는 발도리(꼬리로 앞발을 목도리처럼 감은 자세)로 완성된다옹!

76

체온을 나누며

날이 추워지면 몸과 몸을 맞대 서로의 체온을 나눕니다.
그렇게 서로의 체온으로 이 혹독한 겨울을 건너갑니다.

77

발 시린 고양이가 찾아낸 방법

여기 기발한 방법으로 시린 발을 데우는 고양이가 있다. 풍성한 꼬리털을 방석처럼 찬 바닥에 놓고 그 위에 언 발을 척 올려놓았다. 혹자는 "그럼 발 대신 꼬리가 춥잖아요" 하겠지만, 그건 언 발을 우선 녹인 다음에 생각하기로 하자.

🐾 "우린 답을 찾을 것이다. 늘 그랬듯이."_영화 〈인터스텔라〉

78

노랑이 상병 구하기

"노상병! 어서 내 손을 잡아!"
"먼저 가! 난 틀렸어!"

79

헤드뱅잉

난 외로울 때 헤드뱅잉을 해!

80

원기옥 고양이

종종 고양이는 우리가 가지고 있는 선입견을 조롱하듯 가볍게 상식을 뛰어넘는 행동을 선보인다. 이를테면 보란듯이 두 발로 서 있거나 천연덕스럽게 이족보행을 서슴지 않을 때, 우리는 무너진 상식에 기뻐하며 '이건 찍어야 돼!' 하면서 기꺼이 카메라를 꺼내든다. 물론 카메라를 꺼내는 순간, 십중팔구 언제 그랬느냐는 듯 시치미를 떼고 도로 네발 동물이 되어 능청스럽게 카메라를 응시하는 고양이를 만나게 될 것이지만……

사실 직립고양이를 찍기 위한 가장 간단한 방법은 의도적으로 낚싯대나 나뭇가지를 흔들어 고양이를 유혹하는 것이지만, 한 손으로 낚싯대를 흔들고 다른 한 손으로 카메라 초점을 맞춰 셔터를 누른다는 것이 여간 어려운 일이 아니다. 그나마 우다다를 하거나 장난을 치는 과정에서 자연스럽게 직립고양이를 만날 때가 있는데, 이때의 모습이야말로 기묘한 직립고양이 사진을 찍을 절호의 기회이다. 개인적으로 내가 고양이 사진을 찍을 때 가장 좋아하는 순간도 바로 이때다. 직립보행의 재능을 숨긴 고양이들이 잠시 무장해제를 하고 아무렇지 않게 마당을 활보하며 재능낭비를 할 때도 바로 이 순간인 것이다.

어쩌면 고양이는 우리가 못 보는 사이 뒷짐을 지고 헛기침을 하면서 뒷마당을 산책하고 있을지도 모른다. 집사가 출근해 있는 동안 소파에서 뒹굴거리며 TV를 돌려보고 있을지도. 종종 마트에서 카트를 미는 고양이를 봤다는 제보도 있으니 우리는 그냥 그들이 숨기고 있는 재능을 모른 척하기로 하자.

☙ "지구인들아. 나에게 힘을 줘!"

81
하트 세리머니

너에게 하트를 보낸다옹!

82

펭귄 알바

달콤이는 11년 전 방앗간에서 태어나 주인이 내다버린다는 걸 장인어른이 데려와 다래나무집에서 키운 아이입니다. 늘 얼렁뚱땅하고 자주 황당한 자세를 선보여 웃을 일 없는 저에게 늘 웃음을 선사하던 고양이였습니다. 하지만 2년 전 다래나무집을 휩쓴 전염병으로 인해 녀석은 황망하게 세상을 떠났습니다. 지구생활 9년 만에 고양이별로 떠난 달콤이. 부디 그곳에서는 아프지 않고 언제나 웃을 일만 가득하기를 바랍니다.

🐾 펭귄 알바님! 퇴근시간 다 됐어요. 이제 그만 지퍼 열고 나오세요.

83

바지가 흘러내려서

응, 바닥에 벨트도 떨어졌어.

🐾 "자, 잠시만요! 바지가 자꾸 흘러내려서……"

84

작전 수행중

야옹 임파서블

85

기습뽀뽀

그리고 나는 확인하고 싶었다.

내 심장을 두근거리게 하는 것이 네 입술에 묻은 참치캔 때문인지,

너를 향한 내 마음 때문인지.

86
담뱃가게 고양이

우리 동네 담뱃가게에는 고양이가 이쁘다네
노랑머리 곱게 빗은 것이 정말로 이쁘다네
온 동네 냥이들이 너도나도 기웃기웃기웃
그러나 그 고양이는 새침데기~♬

87

하트땅콩

무려 하트땅콩이다.

땅콩이 하트라서 오늘도 녀석은 땅콩부심을 부린다.

🐾 오늘도 알찬 하루 보내세요.

88

봉달이와 덩달이

내가 만난 고양이 중 눈을 가장 좋아했던 친구는 역시 봉달이(노랑이)와 덩달이(고등어)다. 더러 눈을 좋아하는 고양이가 있긴 했지만 봉덩 커플의 눈사랑은 차원이 달랐다. 폭설에도 아랑곳없이 함께 설원을 내달리고 눈 목욕과 발라당은 물론 수시로 눈싸움을 벌였다. 폭설 속에서 언제나 먼저 용감하게 눈밭으로 뛰어드는 쪽은 봉달이였다. 봉달이가 한참 눈밭을 내달리면 덩달아 덩달이가 뒤쳐나왔다. 이 녀석들은 고양이가 대체로 눈을 싫어한다는 속설을 가볍게 무시했다. 누가 달리라고 시킨 것도 아닌데, 두 녀석은 헉헉 소리가 날 정도로 열심이다. 열심히 뛰고 뒹굴다보니 두 녀석의 몸은 온통 눈이 들러붙어 '눈고양이'가 따로 없다.

🐾 "몰라. 일단 달려! 이유 같은 건 달리면서 생각하자고."

89
못 말리는 눈밭 단짝

못 말리는 단짝 고양이, 봉달이와 덩달이. 언제 봐도 이 녀석들 사이가 좋다. 눈이 오면 함께 눈구경을 하고, 함께 눈밭을 달리고, 산책하고, 보금자리로 돌아와서도 함께 먹고, 함께 체온을 나누며 겨울밤을 보낸다. 언제나 함께여서 보기 좋은 친구들. 덕분에 나는 두고두고 기억에 남는 수많은 눈고양이 사진을 얻었다. 하지만 눈도 다 녹고 정작 날도 따뜻해진 어느 늦은 봄날, 봉달이는 동네 식당에서 놓은 쥐약으로 머나먼 길을 떠났다. 오랜 시간 녀석이 보이지 않아 이웃마을 캣맘에게 물어보니 쥐약으로 인해 자신이 돌보던 고양이마저 고양이별로 떠났다는 것이다. 다행히 덩달이는 무사했지만, 이듬해 여름 이 녀석도 다른 마을로 이사를 가버렸다.

여전히 한겨울 눈이 내릴 때면 가장 먼저 떠오르는 봉달이와 덩달이. 사진을 보면 여전히 그 속에서 장난을 치며 내게 걸어올 것만 같은 나의 오랜 친구들! 잘 지내지? 거기도 눈이 오니?

🐾 너와 함께라면 폭설을 동반한 추억도 나쁘지 않다.

90
눈밭에서 웃는 고양이

덩달이는 단짝인 봉달이에게는 없는 습관이 있었는데, '눈밭에 머리 박기'다. 딴에는 나를 만나 반갑다고 눈밭에서 발라당을 하는 것인데, 하필 눈밭에 머리를 푹 집어넣는 바람에 발라당이 아니라 언제나 눈 목욕을 하는 것만 같다. 게다가 눈밭에 집어넣었던 머리를 들어올릴 때면 영락없이 웃는 표정이 된다. 녀석이 진짜로 웃는 것인지는 알 수 없지만, 표정만은 그렇게 행복해 보일 수가 없다.

🐾 웃지 않으면 울게 된다. _벨기에 속담

91
시골냥이 아궁이 패션

이맘때 시골냥이들 사이에 유행하는 '아궁이' 패션. 불을 지펴 따뜻해진 아궁이는 마치 찜질방처럼 한겨울 추위를 견디고 몸을 지지기에는 더없이 안성맞춤이다. 하지만 그렇게 아궁이에서 밤을 보내고 나면 어쩔 수 없이 고양이털에 재와 그을음이 묻어 시커멓게 변하고 만다. 요 아이들은 과거 축사를 영역으로 살던 축사냥이들인데, 겨울이면 쇠죽을 끓이느라 불을 지핀 한뎃부엌 아궁이에 들어가 몸을 녹이곤 했다. 하루는 사료 배달 갔다가 한 아궁이에서 여섯 마리 고양이가 우르르 기어나오는 장면을 목격한 적이 있다. 요즘에는 시골 전원주택에 유행처럼 들어선 야외 황토방 아궁이에서 뛰쳐나오는 고양이들도 적잖게 만나곤 한다. 분명 안쓰러운 모습인데, 볼 때마다 웃지 않을 수 없는 패션이다. 비록 외모가 꾀죄죄해지기는 하지만, 길냥이에게는 추울 때 춥지 않은 게 급선무이고, 배고플 때 배고프지 않은 게 급선무이다. 길고양이의 겨울은 수단과 방법을 가리지 않고 살아남는 게 급선무인 것이다.

92

땅콩소년단PTS

2014년부터 사료 후원을 해오고 있는 3호점 노랑대문집 고양이 중에는 못 말리는 단짝 고양이가 있는데, 크림이와 노랑이가 그렇다. 둘 다 수컷임에도 녀석들은 자주 붙어다니며 브로맨스를 과시한다. 그런 두 녀석이 한번은 똥꼬발랄한 안무를 선보이며 한참이나 내 앞에서 공연을 선보였다. 콘서트에 온 기분으로 나는 가만 앉아서 녀석들의 재롱을 지켜보았다. 어쩜 저렇게 아이돌 그룹처럼 칼안무를 선보이는지, 보는 내내 감탄과 박수가 절로 나왔다.

즉석에서 나는 땅콩소년단PTS이란 팀명까지 지어주었는데, 혹시 월드 클래스인 '그분'들 명성에 누를 끼칠까 염려스럽다. 하지만 누가 시키지도 않았는데, 저렇게 자발적으로 위문공연을 해주니 배달 피로가 싹 풀리는 기분이다. 혹시 그동안 사료 후원을 해줘서 고맙다는 성의의 표현일까요?

🐾 결성된 지 10분 만에 안무와 동선이 딱딱 들어맞는 땅콩소년단PTS.

93

단체사진

단체사진 좀 찍어본 고양이들.

94

단체사진 찍을 때

고양이 단체사진 찍을 때 자기 얼굴 안 나온다고 앞냥이 어깨 올라타는 고양이 꼭 있다.

95
처음 캔맛을 본 고양이

난생처음 캔맛을 본 아롱이를 보며 할머니는 "이게 뭔데 이렇게 잘 먹느냐"며 신기해하셨다. "아롱아! 이제 그만 먹고 사진 찍자." 할머니는 내게 고양이를 자랑하고 싶어서 아직 밥그릇에 고개를 파묻고 있는 아롱이를 기어이 안아 올렸다. "아휴, 얘가유. 나한테 업히구 그래서 가끔 업구두 다녀유." 하지만 아롱이는 지금 그럴 기분이 아니었다. 아직 밥그릇에 캔이 더 남았기 때문에 "함모니, 나 저거 먹어야 돼. 이거 놔!" 하면서 몸을 뺀다. "아유, 얘가 왜 이래. 일루 와!" 아마도 할머니는 아롱이 업힌 모습을 보여주고 싶었던 것 같은데, 아롱이의 마음은 콩밭에 가 있었다. "할머니, 캔 남은 거 다 먹게 그냥 두세요." 이쯤에서 내가 빠져야 아롱이가 편하게 밥을 먹을 것 같아 나는 서둘러 자리를 떴다. 비탈길을 내려가는 내 등뒤에 대고 할머니는 계속해서 말씀하셨다. "아이구 저게 뭔데 저렇게 환장을 해!"

🐾 "함모니. 나 저거
먹어야 돼."

96
고양이의 순간이동

　대체로 고양이는 시속 48km 정도로 달린다고 알려져 있지만, 이건 캔을 따지 않았을 때의 속도이므로 무효다. 캔을 딸 때 고양이는 순간이동을 하므로 속도 측정이 불가하다. 실제로 밖에서 놀고 있는 아톰에게 "밥 먹자!" 하면서 캔을 따면 정말 발이 땅에 닿지 않을 정도로 날아서 녀석은 어느새 내 앞에 와 있다. 그것도 함박눈이 펑펑 내리는 눈길을 달려서. 눈과 논두렁과 아톰이 만들어낸 그림 같은 풍경들.

97

오늘 밤 주인공

오늘 밤 주인공은 나야 나!

98
달동네 달덩이

과거 피난민들이 옹기종기 모여 살던 판자촌 달동네에 고양이들도 올망졸망 모여 산다. 달동네 달방(월세방)에 사는 사람처럼 허름한 지붕에 세 들어 사는 고양이들. 월세가 밀릴 만큼 밀렸어도 맘씨 좋은 집주인 만나 월세 재촉 없이 사는 고양이들. 달밤이면 달방 사는 고양이 식구들 눈망울만 별처럼 반짝이리라.

올라갈 데까지 올라가서 만난 달동네 고양이 가족이 있다. 줄무늬 갈색 고양이 엄마와 새끼 노랑이 두 마리. 공동주택으로 보이는 슬레이트 지붕 위 수족관에서 살아가는 일가족이다. 엄마도 아깽이도 겨울을 나려고 오지게 털을 찌웠다. 두 마리 아깽이는 노랑이라서 더욱 지붕에 뜬 달덩이 그 자체다. 굴리면 굴러갈 것 같은 털뭉치다. 이 추운 겨울에 엄마는 두 녀석을 이리도 잘 키워놓았다.

녀석들의 발아래로는 철거 예정인 판자촌이 펼쳐져 있고, 그 너머로 아파트숲이 빼곡하다. 굳이 비교하지 않아도 저 아래 도심이나 이 높은 달동네나 고양이의 삶은 별반 다르지 않다. 어느 쪽이나 팍팍하고 어느 쪽이나 고단하다. 한국에서 길고양이로 태어난 이상 그것은 어쩔 수 없는 운명이고 현실이다. 다만 이 세상 구석구석 섬처럼 존재하는 캣맘과 캣대디가 작은 희망이고 등불이다. 날은 어두워지는데 떠날 사람 다 떠난 달동네 골목에 달덩이 같은 등불이 하나 켜진다. 해바라기 벽화가 그려진 담장 아래 고양이 사료그릇을 놓고 가는 사람.

🐾 달동네에 달덩이가 떴다. 겨울나려고 오지게 털 찌운 아깽이.

99
할머니 기다리는 고양이

이따금 대문 밖으로 고개를 내밀어 할머니는 어디쯤 오고 있나, 문밖을 살피는 고양이. 달타냥이라 이름 붙인 이 녀석은 파란대문집 독거노인과 함께 살았다. 할머니가 마실갈 때나 김매러 돼기밭에 갈 때도 언제나 보디가드처럼 따라다녔다. 그런데 어느 날부턴가 녀석이 보이지 않아 할머니에게 달타냥 안부를 물었더니 할머니는 계속 눈물만 흘리셨다. 마을회관에 갔다가 도랑 건너 할머니가 고양이 묶어놓으라고 해서 잠시 묶어놓고 밭에 갔다왔더니 축 늘어져 있더라는 것이다. "저짝 할머니가 자꾸 텃밭 파헤친다구 묶어놓으래서 목줄을 했더니……" 목줄이 잘못돼 올무처럼 목을 졸랐던 모양이다. 달타냥과 할머니는 3년 넘게 함께 살았다고 한다.

🐾 눈은 펑펑 쏟아지는데. 고양이는 대문에 나앉아 장에 가신 할머니를 기다립니다.

100
고양이 경례

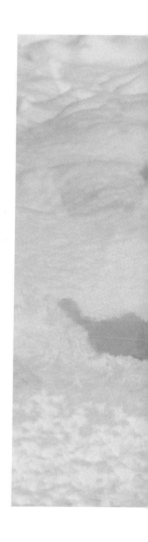

언제나 고양이를 위해 애써주시는
모든 분들께 경례를 올립니다.
모두모두 사랑하고 야옹합니다.

고양이의 순간들1

고양이가 재능을 숨김
오묘한 제목학원 100

ⓒ이용한 2024

초판 인쇄 2024년 10월 25일
초판 발행 2024년 11월 1일

지은이 이용한

기획·책임편집 이연실
편집 염현숙
디자인 이정민
마케팅 김도윤 김예은
브랜딩 함유지 함근아 박민재 김희숙 이송이 박다솔 조다현 배진성
저작권 박지영 최은진 오서영
제작 강신은 김동욱 이순호
제작처 더블비

펴낸곳 (주)이야기장수
펴낸이 이연실
출판등록 2024년 4월 9일 제2024-000061호
주소 10881 경기도 파주시 회동길 455-3 3층
문의전화 031-8071-8681(마케팅) 031-8071-8684(편집)
팩스 031-955-8855
전자우편 pro@munhak.com
인스타그램 @promunhak

ISBN 979-11-94184-08-9 04810
　　　979-11-94184-10-2 04810 (세트)